Jil iyo Geedkii Xayaabka

Jill and the Beanstalk

by Manju Gregory

illustrated by David Anstey

Somali translation by Adam Jama

Jaak iyo walaashii Jil ayaa buur yar fuulay.
Jaak baa ka soo dhacay oo xanuunsanaaya.
Wax la cunaa ma yaalaan, oo way ka xunyihiin,
Bal haddii aanu Jaayanitku liqin aabbahood.

Jack climbed a hill with his sister Jill.
Jack fell down and now he's ill.
There's nothing to eat, they're feeling sad,
If only the Giant hadn't swallowed their dad.

Hooyo ayaa weydiisay Jil, "Ma kula tahay inaad saceenna iibiso oo lacag kasoo saarto?"

Mum asked Jill, "Do you think somehow
You could raise money selling our cow?"

Jil ayaa intaanay hal mayl soconin ku soo baxday nin albaab ag taagan.
"Digirtan waan kaaga beddelan lahaa sacaas," ayuu yidhi.
"Digir!" Jil ayaa qaylisay. "Miyaad waalan tahay?"
Markaasaa ninkii u sharraxay, "Kuwani waa digir sixir leh.
Waxay kuu keeni karaan hadyado aanad weligaa hore u arag."

Jill had barely walked a mile when she met a man beside a stile.
"Swap you these beans for that cow," he said.
"Beans!" cried Jill. "Are you off your head?"
The man explained, "These are magic beans. They bring you gifts you've never seen."

Jil baa gurigii u qaadatay si ay hooyadeed u tusto,
Markaasay qaylisay, "Waxay ahayd inaan wiilkayga dirto!"
Digirtii ayay Jil cagaheeda ku daadisay,
Iyadiina waxay tidhi seexo iyadoon waxba cunin.

Jill took them home to show her mum
Who cried out loud, "I should have sent my son!"
She threw the beans down at Jill's feet
And sent her to bed with nothing to eat.

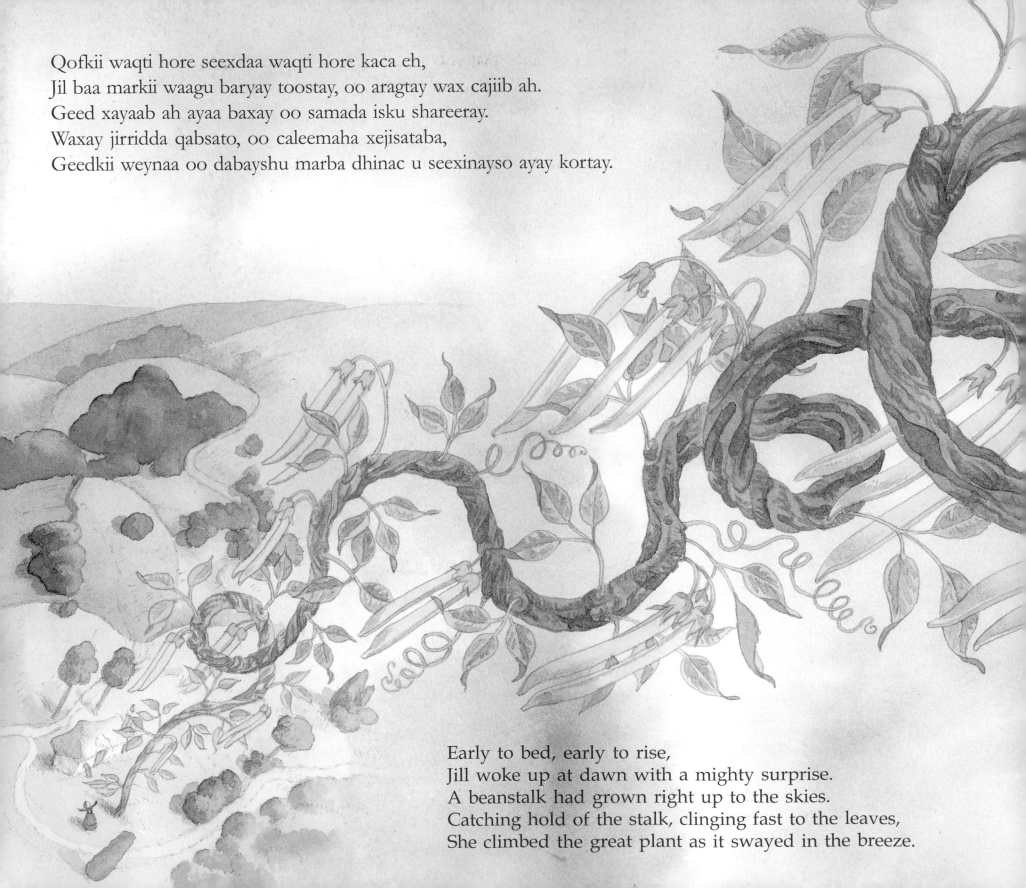

Qofkii waqti hore seexdaa waqti hore kaca eh,
Jil baa markii waagu baryay toostay, oo aragtay wax cajiib ah.
Geed xayaab ah ayaa baxay oo samada isku shareeray.
Waxay jirridda qabsato, oo caleemaha xejisataba,
Geedkii weynaa oo dabayshu marba dhinac u seexinayso ayay kortay.

Early to bed, early to rise,
Jill woke up at dawn with a mighty surprise.
A beanstalk had grown right up to the skies.
Catching hold of the stalk, clinging fast to the leaves,
She climbed the great plant as it swayed in the breeze.

Jil ayaa yeedh maqashay, waxay ahayd hooyadeed!
"Imikadaa soo deg, oo kaalay walaalkaa la joog!"
Laakiin Jil geedkii ayay sare u sii fuushay,
mana ay joogsan,
Illaa ay dusha ugu sarraysa ka gaadhay.

Jill heard a shout, it was her mother!
"Come down at once, look after your brother!"
But Jill just kept on climbing, she didn't stop,
All the way upwards, right to the top.

Markaasay ka boodday geedkii xayaabka ahaa, oo maqashay oohin dheer.
Gabadh yar baa ooyday, "Ooh, meeyay adhigaygii?
Intaan hurday ayay iska tageen oo lumeen."
"Halkaan joogaa?" Jil ayaa waydiisay.

She leapt off the beanstalk, and heard a loud weep.
A little girl cried, "Oh, where are my sheep?
They've wandered away while I was asleep."
"Where am I?" asked Jill.

"Waxaad joogtaa dhulkii uu Jaayanitku ku noolaa.
Ma waxaad u timi inaad aargoosato mise inaad wax saamaxdo?
Markaan ushayda sidaa lulo, dooro wixii aad ku dambayn lahayd,
inaad dib hoos ugu raacdo jirridda xayaabka ama Albaabka Jaayanit?"

"You're in the land where the Giant lives.
Did you come to avenge or come to forgive?
With a wave of my crook now choose your fate,
Back down the beanstalk or onto the Giant's Gate?"

Jil ayaa istaagtay aqalkii Jaayanitka hortiisa,
Iyada oo yaraatay, sidii jiir baqdin la gariiraya,
Islaan gabawday oo aan la garanayn baa agtaagnayd,
Xuubcaaro ayay samada ka nadiifinaysay.
"Naa waa gabadha yar, waa maxay sababta halkan ku keentay?
Maxaa ku keenay, ooh maxaa ku keenay?"

Jill stood in front of the Giant's house
Feeling tiny and scared like a quivering mouse.
A strange old woman was standing by,
Brushing cobwebs out of the sky.
"Little girl, why are you here? Why, oh why?"

Markay hadalkii bilawday ayaa dhulkii gariiray, oo bixiyay sanqadh wax dhegatiraysa sidii dhulgariirka.
Islaantii baa tidhi, "Dhaqso, gudaha soo gal. Waxaa jirta meel qudha...shooladda gudaheeda aad ku dhuumatid eh!
Mar qudha ha neefsan, juuqna ha odhan, sida barafka u aamus haddaanad rabin inaad dhimato."

As she spoke the ground began to shake, with a deafening sound like a mighty earthquake.
The woman said, "Quick run inside. There's only one place...in the oven you'll hide!
Take barely one breath, don't utter a sigh, stay silent as snow, if you don't want to die."

Jil baa shooladdii gashay. Alla maxay samaysay? Maxay jeclaan lahayd inay hooyadeed la joogtay gurigoodii.
Markaasaa Jaayanitkii hadlay, "Fee, fi, faaw, fum. Waxaa ii uraaya dhiig dad."
"Ninkaygii, waxaa kuu uraaya shimbirihii aan kuu dubay, dhammaantood labaatan iyo afar ayaa samada ka soo dhacay.

Jill crouched in the oven. What had she done? How she wished she were home with her mum.
The Giant spoke, "Fee, fi, faw, fum. I smell the blood of an earthly man."
"Husband, you smell only the birds I baked in a pie. All four and twenty dropped out of the sky."

Markaasaa Jaayanitkii qayliyay, "Ma rabo
xitaa inaan dhadhamiyo cuntadaadan yar.
Xaaskaygii, waxaan u baahnahay inaan wax cuno.
Orod kijada gal oo ii keen hilibkaygii!"
Shooladda albaabkeedii meel yar oo jeexan, Jil ayaa daawatay
Jaayanit oo doofaar dibadeed cantuugaaya.

The Giant bawled, "I have no wish to even try your dainty dish.
Wife, I need to eat. Go to the kitchen and fetch me my meat!"
From a gap in the oven door, Jill watched the Giant devour a wild boar.

Jaayanitkii baa dib u fadhiistay, weli raalli ma ahayn.

Markaasuu qayliyay, "Ii keen digirinkaygii, oo soo wanaaji."

Isagoo leh, "DIGIRINKAW DHAL!" ayuu indhaha isku qabtay.

Markaasaay dhashay ukun dahabi ah, Jil baa la yaabtay.

Jaayanitkii aad buu uga helay,

Markaasuu mid mid u tiriyay beed ka samaysan dahab shiilan.

Markaasuu dib u gam'ay oo khuuro bilaabay,

Taas oo la mooday libaax jibaadkiis!

The Giant sat back, he wasn't happy.
He bellowed: "Get me my goose,
and make it snappy."
Saying, "Goose deliver," he closed his eyes.
It lay a bright golden egg,
much to Jill's surprise.
The Giant had a lot of fun,
Counting solid gold eggs one by one.
Then he fell asleep and started to snore
Sounding just like a mighty lion's roar!

Jil waxay aragtay inay baxsan karto inta uu Jaayanitku hurdo,
Markaasaay qunyar kasoo baxday shooladdii.
Kolkaasay xasuusatay wixii saaxiibkeed, Toom, sameeyay,
Doofaar buu xaday oo la baxsaday.
Intay la boodday digirinkii ayay orodday oo orodday.
"Waa inaan si dhaqso ah u gaadhaa geedkii xayaabka."

Jill knew she could escape while the Giant slept.
So carefully out of the oven she crept.
Then she remembered what her friend, Tom, had done.
Stole a pig and away he'd run.
Grabbing the goose, she ran and ran.
"I must get to that beanstalk as fast as I can."

Markaasaay hoos ugu siibatay jirriddii iyadoo qaylinaysa,
"Waan soo noqday!"
Aqalkiibaa waxaa kasoo baxay hooyo iyo Jaak.

She slid down the stalk shouting, "I'm back!"
And out of the house came mother and Jack.

"Aad baannu kaaga werwernay, aniga iyo walaalkaa. Sidaad u korikartaa xayaabkaa wayn illaa samada?"
"Laakiin hooyo," ayay tidhi Jil, "Waxba ima gaadhin. Bal eeg waxaan halkan ku sido."
"Digirinkaw dhal," Jil baa ku celisay hadalkii uu yidhi Jaayanitku,
Markaasaa digirinkii markiiba dhalay ukun dahabi ah.

"We've been worried sick, your brother and I. How could you climb that great stalk to the sky?"
"But Mum," Jill said, "I came to no harm. And look what I have under my arm."
"Goose deliver," Jill repeated the words that the Giant had said,
And the goose instantly laid a bright golden egg.

Socdaalkii Jil ay gaadhay gurigii Jaayanitka ayaa ka celiyay reerkoodii gaajo iyo foqor.

Jill's visit to the Giant's lair kept her family from hunger and despair.

Jaak baa walaashii Jil ka hinaasay.

Wuxuu jeclaystay inuu geed xayaab ah fuulilahaa, halkuu buurta ka fuulay.

Markaasaa Jaak in badan faanay oo yidhi.

Hadduu mar uun la kulmi lahaa Jaayanitka madaxa ayuu ka goyn lahaa.

Jack couldn't help feeling envious of his sister Jill.
He wished he'd climbed a beanstalk instead of a hill.
Jack boasted a lot and often said
If he'd met the Giant he would've chopped off his head.

Hooyadood baa uga digtay inaaney fuulin geedkaas,
Laakiin Jil waxay nacday Jaak faankiisa beenta ah.
Maalin baa intay si fiican isu qarisay Jil, ayay xayaabkii fuushay
Markaasay samada gaadhay.

Their mother had warned them not to climb that stalk
But Jill was fed up with Jack's idle talk.
One day, in clever disguise, Jill climbed up the beanstalk
And reached the skies.

Islaantii gabawday oo darxumo ka muuqato
ayaa albaabka dhinaciisa fadhiday,
Jaayanitkii shaydaanka ahaa ayaa si xun, oo xun u galay
Maalin kastana wuu ka sii daraayay,
Illaa iyo sidii looga xaday digirinkiiba.

The old woman sat by the gate looking sad,
The evil Giant treated her bad, very bad.
He'd become more gruesome by the day,
Since his goose had been stolen away.

Xaaskii Jaayanit may garanin Jil,
Laakiin waxay maqashay sanqadh culus oo buurta ka soo degaysa.
"Waa Jaayanit!" way ku oyday. "Haddii uu dhiiggaaga uriyana, waa la hubaa inuu wax dili."

The Giant's wife didn't recognise Jill,
But she heard the sound of thundering footsteps coming down the hill.
"The Giant!" she cried. "If he smells your blood now, he's sure to kill."

"Hikari, dhikari, dhok!
Dhaqso, orod oo saacadda
ku dhuumo!"

"Hickory dickory dock,
Quick, go hide in the clock!"

"Fee fi faaw fum, waxaa ii uraaya dhiig dad. Ama waa inuu noolaadaa ama waa inuu dhintaa, Madaxa ayaan ka goyn doonaa," ayuu yidhi Jaayinitkii.
"Waxaa kuu uraaya quraaca aan kuu dubay, waxaan kasoo bartay Boqoraddii Qalbiga hab cusub oo loo sameeyo."
"Xaaskaygii, waxaan ahay Jaayanit, waxaan u baahnahay waxaan cuno. Orod kijada gal oo ii keen hilibkaygii."

"Fe fi faw fum, I smell the blood of an earthly man.
Let him be alive or let him be dead, I'll chop off his head," the Giant said.
"You smell only my freshly baked tarts, I borrowed a recipe from the Queen of Hearts."
"I'm a Giant, wife, I need to eat. Go to the kitchen and get me my meat."

Jaayanitkiibaa cantuugay bahalkii sidii markii hore.

Saacad dhan ayaa ka soo wareegtay, markaasuu haddana in kale dalbaday.

Markaasaa xaaskiisii u keentay kaban, oo wax la arko u qurux
badan, wuxuu ka samaysnaa dahab saafi oo lahaa boqol xadhig.

Jaayanitkii baa qayliyay: "Is Garaac!" wuu caajisay.

Isla markiiba kabankii ayaa isagu iskii isu garaacay.

The Giant gorged on beast as before.
One full hour passed by, then he called for more.
His wife brought in a harp, the most magnificent of things,
Made out of pure gold with a hundred string.
The Giant yelled: "Play," he was feeling bored.
The harp instantly played of its own accord.

Hees caruureed aad u macaan, oo Jayaanitkii cuslaaba markiiba seexisay.
Jil waxay rabtay kabankaa iyadoon la taaban is garaacaya. Aad iyo aad bay u rabtay.
Saacaddii ayay iyadoo baqaysa qunyar kasoo baxday markaasaay kabankii la
boodday intii uu Jaayanitkii hurday.

A lullaby so calm and sweet, the lumbering Giant fell fast asleep.
Jill wanted the harp that played without touch. She wanted it so very much!
Out of the clock she nervously crept, and grabbed the harp of gold whilst the Giant slept.

Jil baa xaggii geedka xayaabka ah u jeesatay, waxay ku turunturrootay eey,
markaasaay carartay oo wareegaalaysatay.
Markii kabankii ku ooyay: "MAASTAR! MAASTER!" ayaa Jaayanit toosay, oo intuu istaagay soo daba orday.
Jil way is ogayd waa inay xoog iyo xoog u oroddo.

To the beanstalk Jill was bound, tripping over a dog, running round and round.
When the harp cried out: "MASTER! MASTER!" the Giant awoke, got up and ran after.
Jill knew she would have to run faster and faster.

Markaasaa Jaayanitkii qayliyay, "Ma waxaad is moodday
inaad iga dheerayn karto!
Miyaanad ogayn wixii ku dhacay Toom, kii ina baaybar!"
Markaasaay Jil intay xejisatay kabankii ayay carartay oo carartay,
"Waa inaan gaadhaa xayaabkaa sida ugu dhaqsaha badan."

The Giant howled, "So you think you can run!
Look what happened to Tom, the piper's son!"
Holding onto the harp, Jill ran and ran, "I must get to that beanstalk as fast as I can."

Jirriddii xayaabka ayay hoos u siibatay, markaasaa
kabankii ooyay: "MAASTAR!"
Jaayanit kii foosha xumaa ayaa kasoo daba onkoday.
Jil baa la boodday jidibkii qoriga lagu goyn jiray,
Markaasaay ku jartay geedkii xayaabka intay ku
dhaqsan karaysay.

She slid down the stalk, the harp cried: "MASTER!"
The great ugly Giant came thundering after.
Jill grabbed the axe for cutting wood
And hacked down the beanstalk as fast as she could.

Tallaabadii kasta ee uu soo qaado Jaayanit waxay sii ruxday jirriddii.
Garaacii ay Jil geedka gooynaysay ayaa Jaayanit iska daba dhacay.
Hoos, hoos ayuu Jaayanit gunta ku dhacay!
Jaak, Jil iyo hooyo ayaa daawaday oo la yaabay, Jaayanit oo hoos ugu DHACAY, toban foodh dhererkood.

Each Giant's step caused the stalk to rumble. Jill's hack of the axe caused the Giant to tumble.
Down down the Giant plunged!
Jack, Jill and mum watched in wonder, as the giant CRASHED, ten feet under.

Jaak, Jil iyo hooyadood waxay imika maalintii isku dhaafiyaan,
Heeso ay heesaan iyo dar kabanka dahabiga ahi u garaaco.

Jack, Jill and their mother now spend their days,
Singing songs and rhymes that the golden harp plays.

Text copyright © 2004 Manju Gregory
Illustrations copyright © 2004 David Anstey
Dual language copyright © 2004 Mantra
All rights reserved

British Library Cataloguing-in-Publication Data:
a catalogue record for this book is available
from the British Library.

First published 2004 by Mantra
5 Alexandra Grove, London N12 8NU, UK
www.mantralingua.com